Alice au pays des lettres

Roland Topor

Alice au pays des lettres

Seuil

COLLECTION DIRIGÉE PAR NICOLE VIMARD

En couverture : dessin de Roland Topor.

Une première édition de cet ouvrage a été publiée par les Éditions Milano Libri (Milan) en 1968. La présente édition comporte vingt et une vignettes inédites.

ISBN 2.02.011551-4

A la mémoire de Lewis Carroll

Pelotonnée dans un fauteuil du salon, Alice releva la tête du livre qu'elle était en train de feuilleter et jeta un regard vers la fenêtre. Elle poussa un soupir : la pluie qui tombait depuis le matin redoublait de violence.

« Quel ennui ! s'exclama-t-elle. Bien sûr, c'est amusant d'aller chercher des escargots dans le jardin après la pluie, mais, pour ça, il faut qu'elle s'arrête. J'aime beaucoup lire, mais je crois que je préfère tout de même courir après mon cerceau, ou organiser un pique-nique. »

Puis elle ajouta, songeuse : « C'est parce que je suis une petite fille, je suppose. »

Elle tenta de reprendre sa lecture, mais les lettres étaient soudain devenues floues. Elle s'approcha du livre sans obtenir d'amélioration. Alors elle posa la joue contre la page vingt-trois et s'endormit.

Une sensation de chatouillis sur le visage lui fit entrouvrir les yeux. Tout de suite elle remarqua que la page vingt-trois, ainsi que la page vingt-deux, d'ailleurs, était devenue toute blanche.

« Tiens, la neige a recouvert les caractères », se dit Alice.

Il aurait pourtant été curieux que la neige soit tombée dans le salon. De plus, elle n'avait pas froid. Comme elle se sentait de nouveau chatouillée sur la joue, elle ouvrit tout à fait les yeux.

Elle vit un petit personnage qui se tortillait pour dégager sa jambe coincée entre la joue et le papier. En l'examinant avec attention, elle constata que le petit bonhomme n'était rien d'autre qu'une lettre, un A plus précisément.

Alice s'empressa de le libérer. Il se mit ausitôt à frotter sa jambe endolorie en maugréant sur la distraction des petites filles. (Alice entendit « écervelée », mais elle préféra jouer celle qui n'avait rien remarqué.)

Elle comprenait maintenant pourquoi les pages étaient blanches : les lettres étaient parties. D'ailleurs, elle les voyait se hâter vers un endroit mystérieux situé en dessous de la bibliothèque.

« Je vais être le dernier, ronchonna le A, pourvu qu'il reste un engagement pour moi ! »

En boitillant, il rejoignit les autres caractères d'imprimerie.

Intriguée, Alice le suivit.

Il y avait là toutes les lettres : des B, des L, des U, enfin tous ces signes qui, convenablement placés, constituent l'alphabet. Elle aperçut un O avec sa fille, Mademoiselle O rougissante et timide.

Elle vit également une J et un E qui se tenaient par le bras. C'était sans doute un jeune couple en pleine lune de miel. Il y avait des milliers de caractères de toutes sortes qui se pressaient, se bousculaient, comme s'ils avaient quelque chose de très important à faire.

« Peut-être vont-ils prendre leur goûter ? » se demanda Alice.

En s'approchant de la bibliothèque, elle avisa une espèce de guichet dans lequel une grosse femme tenait des listes à la main. De temps à autre elle annonçait d'une voix forte :

« Un rôle pour S ! Un rôle pour E ! Un rôle pour J ! »

Alice comprit qu'il s'agissait d'une espèce de régisseur de théâtre qui distribuait des rôles pour une représentation. Elle battit des mains, car elle avait joué une fois le rôle du Petit Chaperon rouge dans une fête, et tout le monde lui avait dit qu'elle était très bonne actrice.

« Ils voudront peut-être de moi ? »

Mais, à ce moment même, la grosse femme déclara :

« Tous les rôles sont distribués, c'est fini pour cette séance. »

Alice le regretta, mais sans être vraiment triste. Ce n'était pas le cas des autres lettres qui n'avaient pas trouvé d'engagement.

Un Z, à genoux, se mit à pleurer.

« Quoi, s'écria-t-il, encore rien pour moi ? J'ai une femme, plusieurs enfants, et pas de travail ! Je suis toujours au chômage ! »

Alice se sentit très émue par le sort du Z.

Elle chercha ce qu'elle pourrait dire pour le consoler, mais elle ne trouva rien. Cepen-

dant, le Z continuait d'une voix changée : *« Il n'y a pas assez d'assez / Pas assez de vous voyez / De vous mangez, de vous buvez / Pas assez de zèbres, de zébus / De zozos, de zazous, de zéthus*[1]*/ De Z il n'y en a pas assez / De Z il y en a zéro. »* Alice trouva le poème du Z joli, mais un peu compliqué.

1. Genre d'insectes.

CONFITURE
TOPOR

« Si vous voulez voir le spectacle, dit la grosse femme, dépêchez-vous. Les trois coups vont être frappés. »

La salle de théâtre était derrière le guichet. Alice arriva au moment où le rideau se levait.

Les lettres qui se trouvaient sur scène se disposèrent habilement, comme des petits rats dans un ballet. Les unes escaladèrent les autres, et enfin Alice put lire : VIVE LA CONFITURE.

Elle applaudit beaucoup car c'était très impressionnant, et elle était absolument d'accord avec la morale de la pièce.

Le spectacle se poursuivit par d'autres mots, et par d'autres lettres. C'était toujours aussi joli, mais, à la longue, Alice se sentit un peu fatiguée. Au moment de sortir de la salle, elle aperçut un M emmené entre deux parenthèses. Il avait des menottes.

« Qu'est-ce qu'il a fait ? »
demanda-t-elle à un R voisin.

« Une faute d'orthographe », lui répondit-il.

« Il va être jugé et condamné. »
Le R avait réellement l'air très effrayé.

« Jugé par qui ? »
s'enquit Alice.

Le R eut un hoquet d'épouvante.

« Chut ! Parlez plus bas, pour l'amour du ciel ! Il va être jugé par les deux tyrans qui nous gouvernent. »

« Mais qui ? »

« La Syntaxe et la Grammaire. »

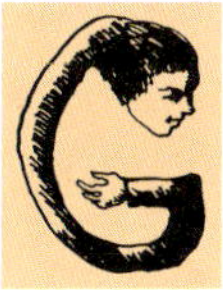

Alice suivit discrètement les parenthèses. Elles arrivèrent devant une estrade où se trouvaient deux vieilles femmes assises sur des chaises. L'une avait un G sur la tête, ce devait être la Grammaire, l'autre un S, c'était sûrement la Syntaxe. La même expression de méchanceté était peinte sur leur visage.

Alice frissonna.

« Pauvre M, pensa-t-elle. Moi aussi, je fais des fautes d'orthographe, mais ma maîtresse à l'air moins sévère. »

Au pied de l'estrade, des lettres habillées comme des bagnards avaient un boulet attaché par une chaîne à la cheville pour les empêcher de s'évader.

Alice était triste, elle avait envie de pleurer.

Le M allait être jugé, quand un grand bruit se fit au-dehors. Alice courut voir ce que c'était.

Elle découvrit des milliers de lettres avec des banderoles et des pancartes qui venaient vers l'estrade.

« C'est assez », pouvait-elle lire, et aussi « Démission », et même « A mort ».

Elle trouva que les lettres avaient raison de se révolter. De tout son cœur, elle souhaita que les deux méchantes vieilles dames soient chassées.

Mais elles envoyèrent des coups de points, des nuées de virgules, des salves de tirets contre les lettres. La bataille faisait rage, quand finalement Alice vit que les lettres avaient gagné. La Grammaire et la Syntaxe s'enfuirent sous les huées. De nombreux blessés restaient sur le carreau.

Elle voulut soigner un Y qui avait les jambes cassées, mais il l'en empêcha :

« Ce n'est pas la peine. Je pense qu'on me donnera un point prisonnier pour entreprendre une carrière de I. Je suis jeune, une vie nouvelle s'ouvre devant moi. »

Alice le trouva très courageux. Elle lui souhaita bonne chance.

Cependant, pour célébrer la victoire, les lettres organisèrent une grande fête. Elles se mettaient ensemble sans souci d'orthographe ou d'accord.

Alice lut des mots comme « TYREZSDGLUP » ou « YUJH-YGV », ou encore « RTFGHUIL-OJPUYTRFDESESEZAZZZE ».

Ils ne manquaient pas de fantaisie, mais risquaient de donner la migraine.

« Assez ! » cria-t-elle. Les lettres continuaient :
« GYGYGYGYTRZZZZYYYYX-TYUI. »
« Assez ! Assez ! Assez ! Pour l'amour du Z ! »
« GHUIJIUGUIGUIGUI. »

Alice se réveilla.

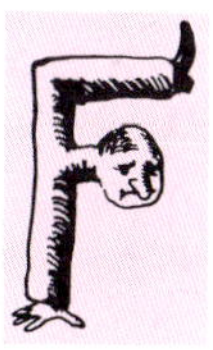

Elle se trouvait dans le fauteuil du salon. Le livre avait glissé à terre. Les pages étaient couvertes de lettres, comme avant.

Alice regarda vers la fenêtre. Il ne pleuvait plus. Un arc-en-ciel émergeait des nuages. Elle courut coller son visage contre la vitre pour mieux voir.

« Je vais aller chercher des escargots dans le jardin », pensa-t-elle.

Roland Topor est artiste-peintre-
dessinateur-écrivain-cinéaste-
inventeur de *Téléchat*.

MAQUETTE : NESTOR SALAS.

RÉALISATION : ATELIER PAO ÉDITIONS DU SEUIL
IMPRESSION : IMPRIMERIE AUBIN À LIGUGÉ (VIENNE)
DÉPOT LÉGAL : JANVIER 1991. N° 11551 (P 36614)